King Kofi

Mister Gogo

Pinsel

Julia Boehme

Tafiti
und der Honigfrechdachs

Tafitis Welt:

Band 1: Tafiti und die Reise ans Ende der Welt
Band 2: Tafiti und das fliegende Pinselohrschwein
Band 3: Tafiti und das Riesenbaby
Band 4: Tafiti und Ur-ur-ur-ur-ur-uropapas Goldschatz
Band 5: Tafiti und ein heimlicher Held
Band 6: Tafiti und die Affenbande
Band 7: Tafiti und der Honigfrechdachs

Meine Freunde (Tafiti)

Lernen mit Tafiti: Zahlen von 1 bis 10
Lernen mit Tafiti: Erste Buchstaben

Bilderbuch: Tafiti und der geheimnisvolle Kuschelkissendieb

Julia Boehme

Tafiti
und der Honigfrechdachs

Illustriert von Julia Ginsbach

www.TafitisWelt.de

ISBN 978-3-7855-8188-9
1. Auflage 2016
© Loewe Verlag GmbH, Bindlach 2016
Umschlagillustration: Julia Ginsbach
Umschlaggestaltung: Elke Kohlmann
Lektorat: Sabine Gschwender
Printed in Germany

www.loewe-verlag.de

Inhalt

Der letzte Tropfen

„Lecker!" Pinsel gießt sich ordentlich Honig auf sein Butterbrot.

„Lass uns auch noch was übrig!", mahnt Opapa.

Zu spät: Ein letzter Tropfen platscht auf Pinsels Brot, dann ist das Glas leer.

„Oh, Entschuldigung!", nuschelt Pinsel.

Flugs säbelt er sein Honigbrot in sechs Teile, damit jeder etwas abbekommt: sein bester Freund Tafiti, Opapa, Omama, Tutu und der kleine Baba. Und das letzte Stück ist natürlich für ihn selbst.

„Der ganze Honig ist alle. Das darf doch nicht wahr sein!" Opapa kann es nicht fassen.

„Wir können ja neuen besorgen", sagt Tafiti lässig.

„Hach, als wenn das so leicht wäre", meint Opapa. „Nichts ist schwerer zu bekommen als ein Glas Honig!"

„Wirklich?", fragt Tafiti und strahlt auf einmal. „Ich wette, wir kriegen das hin. Nicht wahr, Pinsel?"

„Na klar!" Pinsel nickt. „Das schaffen wir!"

So machen sich die beiden Freunde gleich nach dem Frühstück auf den Weg. In Tafitis Rucksack steckt das frisch ausgewaschene Honigglas.

„Ich weiß gar nicht, was Opapa hat", meint Tafiti gut gelaunt. „Honig gibt's im Bienenstock. Wir müssen bloß einen finden."

„Und wie machen wir das?", fragt Pinsel ein wenig ratlos.

„Ganz einfach, wir müssen Bienen suchen und ihnen bis nach Hause folgen", erklärt Tafiti. Er weiß auch schon, wo es Bienen gibt. In Omamas Gemüsegarten natürlich. Denn dort wachsen nicht nur Kürbisse, Süßkartoffeln und Zuckerrohr, sondern auch wunderschöne Blumen. Und auf die sind die Bienen ganz scharf – zumindest auf ihren Nektar. Also schauen sich die beiden Freunde in Omamas Garten um.

Pinsel spitzt seine Ohren. Da schlürft doch wer!

Wirklich: Auf einer roten Blüte sitzt eine Biene und trinkt genüsslich. Danach breitet sie ihre Flügel aus und surrt davon.

„Ihr nach!", ruft Pinsel.

Tafiti und er laufen zum Tor hinaus, der Biene immer hinterher. Was gar nicht so einfach ist, denn die Biene ist klein, schnell und gemein. Es macht ihr Spaß, Tafiti und Pinsel im Zick-zack durch die Savanne zu hetzen, bis die beiden keuchend stehen bleiben.

„Ätschi-Bätsch", summt es ihnen um die
Ohren. Dann ist die Biene verschwunden.
„So ein Mist!", grunzt Pinsel.
Verdutzt sehen sich die Freunde um. Nanu,
wo sind sie denn hier gelandet?

Tafiti reibt sich die Augen. Vor ihnen auf einer
großen Ebene stehen auf einmal lauter riesige
Geister. Regungslos und erdbraun.
„Schau dir das an", flüstert er Pinsel zu. „Dort
sind ja Gespenster!"
„Ach was", lacht Pinsel. „Hochhäuser sind
das, Luftschlösser. Komm mit!"

Tatsächlich! Als sie näher kommen, sieht auch Tafiti, dass die Geister nichts als riesige Türme sind. Gebaut von kleinen, winzigen, aber emsigen Baumeistern: Termiten. Die mit Geduld und Spucke sowie etwas Erde diese riesigen Paläste schaffen.

„Da staunt ihr, was?", rufen die Termiten. „Ist ganz schön groß, unser Bau!"

Tafiti nickt. Elefantenhoch, würde er sagen.

„Nicht schlecht", sagt Pinsel. „Wirklich beachtlich. Es könnte aber noch ein wenig hübscher werden, findet ihr nicht?"

„Hübscher?", fragen die Termiten. „Wie denn?"

Pinsel sucht sich einen Zweig und dann beginnt er zu zeichnen. In den Sand. Normalerweise malt er mit seinen Pinselohren. Aber im Sand zeichnet es sich besser so.

Neugierig schauen die Termiten zu.

„Ich meine, wenn ihr schon baut, dann könntet ihr es auch gleich so machen", grunzt Pinsel, als er fertig ist.

„Boah, cool!" Aufgeregt krabbeln die Termiten über seine Zeichnung.

Tiri weiß den Weg

„Ihr wisst nicht zufällig, wo wir Bienen finden können?", erkundigt sich Tafiti bei den Termiten.

„Nee, keine Ahnung", murmeln sie.

Ein kleiner Vogel umschwirrt Tafiti. „Hallo, ich bin Tiri und ich weiß, wo sie wohnen", zwitschert er. „Wenn ihr wollt, zeig ich es euch!"

„Klar!", ruft Tafiti sofort.

„Mir nach!", piepst Tiri und flattert los. Anders als die freche Biene landet er immer wieder und wartet auf die beiden Freunde. „Hierher, hierher!", ruft er dabei.

So schnell sie können, kommen Tafiti und Pinsel ihm hinterher.

„Wir sind gleich da", verspricht Tiri.

„Wird ja auch Zeit", schnauft Pinsel.

„Hierher, hierher!", zwitschert Tiri und

flattert auf einen alten, knorrigen
Baum. „Hier ist Honig! Lecker
Honig!"

Und tatsächlich: Zwischen den
kahlen Ästen ist ein Bienennest.

„Hierher, hierher!", trällert Tiri.

„Halt den Schnabel!", surren die
Bienen ärgerlich.

„Lecker Honig!", ruft Tiri schnell noch.

Dann flattert er sicherheitshalber zur Seite. Denn mit Bienen ist nicht zu spaßen.

Tafiti legt den Kopf in den Nacken. Das Nest ist ziemlich weit oben. „Könnt ihr uns vielleicht ein wenig Honig geben?", bittet er die Bienen.

„Sonst noch was?", surren die Bienen. „Wenn du welchen willst, musst du ihn dir schon holen!"

„Dann brauchen wir eine Leiter", meint Pinsel. Auf Bäume zu klettern, ist nichts für ihn.

Tafiti ist einverstanden.

„Okay." Er nickt. „Hoffentlich finden wir hierher zurück."

„Kein Problem", meint Tiri. „Ich helfe euch!"

„Das ist saustark von dir", grunzt Pinsel dankbar.

„Für Honig mach ich alles!", trällert Tiri. „Ich kriege doch welchen ab, oder?"

„Klar", verspricht Tafiti. „Jede Menge!"

„Also los! Zurück nach Hause!", ruft Pinsel. „Wer will, kann aufsteigen."

Das lassen sich Tafiti und Tiri nicht zweimal sagen. So macht der Heimweg richtig Spaß!

„Und? Habt ihr Honig?", begrüßt Opapa sie neugierig.

„Nein", sagt Pinsel.

„Hab ich mir schon gedacht." Und obwohl er es sich schon gedacht hat, klingt Opapa trotzdem ein wenig enttäuscht.

„*Noch* nicht", ergänzt Tafiti. „Wir brauchen nur die Leiter und dann holen wir uns welchen!"

„Aber passt auf!", meint Opapa. „Ihr wisst doch, dass Bienen einen Stachel haben?"

„Klar", sagt Pinsel. Wobei, so richtig daran gedacht hat er nicht. Aber Bienen sind klein, da kann auch der Stachel nicht so schlimm sein.

Schon geht es zum Bienennest zurück. Pinsel trägt die Leiter und Tafiti den Rucksack mit dem Honigglas. Tiri fliegt voran und zeigt ihnen den Weg.

 # Aua!

„Dann wollen wir mal!" Pinsel lehnt die Leiter an den Baum.

Und Tafiti und er klettern hinauf zum Bienennest.

Noch bevor die beiden ganz oben sind, machen sich die Bienen zum Kampf bereit.

„ALARM!", surren sie. Und: „ANGRIFF!"

Schon stürzt sich ein Schwarm Bienen auf die Freunde.

„AUA!", quiekt Pinsel. Eine hat
ihn in den Po gestochen.

„Autsch!" Auch Tafiti hat es
erwischt.

„Haut ab! Aber dalli! Sonst
setzt es noch mehr Stiche",
brummen die Bienen sauer.

So schnell die beiden Freunde
können, retten sie sich nach
unten.

27

„Die Leiter holen wir später!", ruft Pinsel und galoppiert zum nächsten Wasserloch. Dort können sich beide den Popo kühlen.

„Tut das gut", murmelt Tafiti. „Also, ich hätte nie gedacht, dass es so schwierig ist, ein bisschen Honig zu bekommen."

„Und so schmerzhaft",
beschwert sich Pinsel.
„Es gibt einen, der hat richtig
dickes Fell. Bienenstacheln
machen ihm gar nichts aus", erklärt
Tiri, der ihnen hinterhergeflattert ist.
„Und wer ist das?", fragt Tafiti neugierig.

„Melle, der Honigdachs", sagt Tiri. „Wenn ich ihm verrate, wo ein Bienennest ist, holt er den Honig. Er isst ihn aber nie ganz auf. Es bleibt immer etwas übrig. Das ist dann für mich. Und es ist so viel, dass ihr auch noch was davon abhaben könnt!"

„Ehrlich?" Pinsel strahlt. „Das wäre ja super!"

„Lasst uns Melle gleich fragen, ob er uns hilft! Wo wohnt er denn?", will Tafiti wissen.

„Ich führ euch hin", zwitschert Tiri. „Aber ich muss euch warnen. So einfach ist das nicht. Melle ist ganz schön ruppig. Ich glaub, der hat immer schlechte Laune."

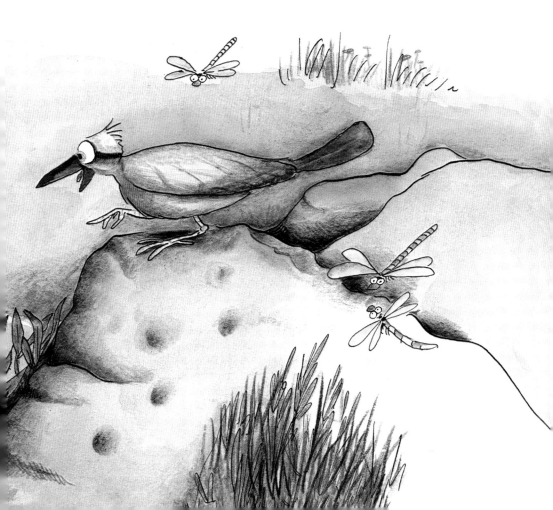

Griesgram Melle

„So, hier ist es!" Tiri flattert zu einer Höhle.

Tafiti läutet an der Tür. Und da sich nichts tut, gleich noch ein zweites Mal. Gerade will er es ein drittes Mal versuchen, als die Tür aufgerissen wird.

„Wer stört?", knurrt Melle und schaut die beiden Freunde grimmig an.

„Hallo, ich bin Tafiti", stellt sich Tafiti vor. „Und das ist mein Freund Pinsel. Wir brauchen Honig. Kannst du uns helfen?"

32

„Helfen? Euch?", ruft Melle. „Ihr spinnt ja
wohl!"

„Wieso denn nicht?", fragt Pinsel.

„Meint ihr, ich hab nichts Besseres vor?",
faucht Melle. „Macht, dass ihr wegkommt!"

„Wir wissen aber, wo welcher ist", mischt sich
Tiri ein. „Ich zeig es dir. Du musst auch nicht
mehr übrig lassen als sonst."

„Ach, du bist das!" Melle
hat Tiri erst jetzt entdeckt.
„Du hast ein neues
Bienennest gefunden?
Sag das doch gleich!"

„Na, dann komm!", piepst
Tiri. „Es ist gar nicht weit."

Das lässt sich Melle
nicht zweimal sagen.
Sofort läuft er mit ihnen
los.

„Denkt aber nicht, wir
teilen gerecht. Das meiste
ist für mich", erklärt er.
„Und das nächste Mal
komm gefälligst allein!",
meint er zu Tiri. „Schleppst
einfach andere Typen an.
Es reicht, wenn du was
abkriegst!"

34

Wenig später sind sie beim
Bienenbaum.

„Eine Leiter. Wie praktisch!", freut
sich Melle und ist bereits oben.

„ANGRIFF! MELLE, DER
HONIGDIEB!", surren die Bienen und
stürzen sich auf den Dachs.

Und nicht nur auf ihn: Tafiti und
Pinsel gehen hinter einem Gebüsch
in Deckung.

Melle aber lässt sich
nicht vertreiben. Er
schüttelt sich bloß und
klettert ganz nach oben. Und
da passiert es.

„HILFE!", ruft Melle plötzlich
und ist verschwunden.

„Wo ist er denn hin?", fragt
Pinsel verdutzt und lugt
hinter den Blättern hervor.

Oben auf dem Baum ist
Melle zumindest
nicht.

Tafiti und Pinsel
riskieren es einfach und
sausen einmal um den
Stamm herum. Aber Melle
ist nicht zu sehen. Dafür ist
er zu hören.

„Autsch! Vorfloxt!", dröhnt es
dumpf.

„Melle?", fragt Tafiti. „Wo
steckst du denn?"

„Üch bün hür! Üm Stomm,
der üst hohl!", tönt es.

Pinsel legt eins seiner
Pinselohren an den
Stamm.

„Holt müch raus!", ruft
Melle.

„Klar, machen wir!
Kein Problem",
meint Tafiti.

Aber so leicht ist
das nicht. Zunächst
sind da ja noch die
Bienen.

„DIEBE! RÄUBER!
HONIGKLAUER!",
surren sie sauer und
kommen Tafiti und Pinsel
bedrohlich nah.

„Wir wollen nur Melle retten", erklärt Tafiti.

„Der soll ruhig festsitzen – bis in alle Ewig-
keit", brummen die Bienen.

„Noin!", ruft Melle. „Holt müch raus!"

„Klar doch!", ruft Tafiti. „Wir ziehen dich
raus."

Er und Pinsel klettern die Leiter hoch. Ganz unten im hohlen Stamm steckt Melle.

„Halt mich an den Beinen fest und lass mich runter!", meint Tafiti.

„Wirklich?", fragt Pinsel.

Er packt Tafiti und lässt ihn vorsichtig kopfüber in den hohlen Stamm hinab. So tief es eben geht.

Tafiti streckt Melle seine Pfoten entgegen.

„Los, halt dich fest!", ruft er.

Melle reckt und streckt sich, aber er kommt nicht dran. Zwischen seinen und Tafitis Pfoten sind noch zwei Pinselohren Abstand – mindestens.

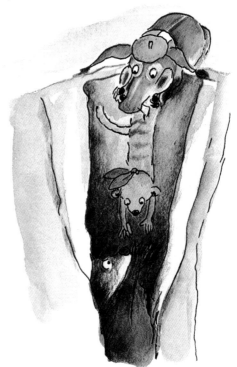

„Macht nichts", meint Tafiti. „Dann holen wir eben ein Seil und ziehen dich damit raus."

„Und brüngt noch Vorstörkung müt! Ober wölche müt Mucküs. Ühr zwoi krügt müch sowüso nücht raus!", ruft Melle. „Üch sütze rüchtüg fest. Und beoilt euch geföllügst!"

„Wir machen so schnell es geht", verspricht Pinsel und rollt mit den Augen. Melle könnte ein bisschen freundlicher sein, wenn sie ihm schon helfen. Aber na ja, so festzusitzen macht sicher keinen Spaß.

Also laufen Tafiti und Pinsel nach Hause. Ob Opapa wohl ein Seil für sie hat?

„Klar habe ich eins!", erklärt Opapa wenig später. „Und ich komme natürlich mit und helfe!"

„Ich auch!", ruft Tutu.

Selbst Omama und Baba kommen mit.

Hau ruck!

Kaum sind sie beim hohlen Baum ange-
kommen, klettert Tafiti die Leiter hoch.

„Ihr schon wieder", surren die Bienen
genervt.

„No ondlüch, würd jo auch Zoit!", beschwert
sich Melle.

Tafiti wirft das eine Ende des Seils zu ihm hinab.

Pinsel, Tafiti, Opapa, Omama, Tutu und selbst der kleine Baba ziehen am anderen Ende.

„HAU RUCK, HAU RUCK!", ruft Pinsel.

Sie ziehen aus Leibeskräften. Das Seil spannt sich immer mehr. Aber Melle bekommen sie nicht mal einen Millimeter weiter nach oben.

„Üch sütze föst!", grummelt Melle hilflos.

„Noch mal, HAU RUCK!", ruft Pinsel.

Und sie ziehen so doll, dass sie gar nicht merken, dass sie Besuch bekommen.

„*f*Spit*f*zenmä*f*ßig!" Löwenmajestät King Kofi klatscht in die königlichen Pranken. „*f*Sech*f*s auf einen *f*Streich! Heute i*f*st mein Glück*f*s- tag!", lispelt er.

„Oh nein!" Entsetzt quieken die Erdmännchen auf. Weil alle geholfen haben, hat keiner aufgepasst. Das ist sonst überhaupt nicht die Erdmännchenart.

„Hier rauf!", schreit Tafiti. „Schnell!"

Er packt den kleinen Baba und flitzt mit ihm die Leiter hoch. Und Omama, Opapa, Tutu und Pinsel stürmen hinterher.

Eilig ziehen sie die Leiter nach oben.

„Ich *f*schnapp euch doch!" King Kofi holt Anlauf und springt. Aber nicht bis nach oben zu den Erdmännchen. Er schafft es bloß ein, zwei Meter den Stamm hinauf. Verzweifelt krallt er sich fest und versucht, nach oben zu klettern. Doch stattdessen rutscht er nur jämmerlich den Stamm hinunter. So richtig sportlich war er noch nie …

„*f*So ein Mi*f*st!", flucht er und tigert wütend um den Baum herum. Es hat gar keinen Zweck, es noch mal zu versuchen.

„Auch der noch", surren die Bienen. „Kann man denn nicht mal seine Ruhe haben?"

„Wos üst dönn los?", dröhnt Melle von unten. „Üch wüll hür raus!"

King Kofi stutzt. „Wer war da*f*s?"

„Üch wüll hür raus!", grollt Melle. „Egol wü!"

Die Löwenmajestät strahlt. „Da i*f*st wer drin!
Mein *f*Sonntag*f*sbraten! Ha, ha, ha. Und den
angel ich mir jet*f*zt!"

Denn schon hat King Kofi das Seil entdeckt.

„*f*Schön fe*f*sthalten! Ich *f*zieh dich rau*f*s!",
säuselt er.

„Der nimmt uns die Arbeit ab",
freut sich Tafiti.

„Aber er wird Melle
fressen", flüstert Pinsel
erschrocken.

„Keine Sorge, wenn
Melle oben ist, halten
wir ihn einfach fest."

Und in den Stamm
hinunter wispert er:
„Melle, das ist King
Kofi. Wenn du oben
bist, lass sofort das
Seil los!"

Der Löwenkönig hat
davon zum Glück
nichts mitbekommen.
Er wickelt das Seil um
seine Tatzen und dann
zieht er, was das Zeug hält.

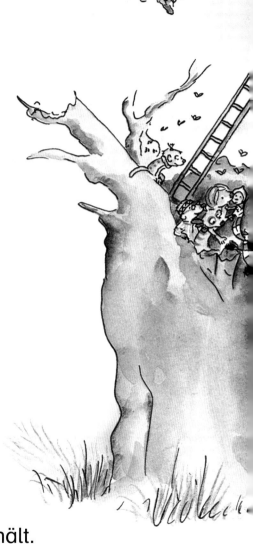

Doch Melle sitzt fest. Nicht mal
der Löwe bekommt ihn heraus.
„Wa*fs f*soll denn da*fs?
f*Schweinerei!", flucht King
Kofi ärgerlich.

Er probiert es wieder
und wieder. Aber Melle
ist richtig eingekeilt. Da
ist nichts zu machen!

„Oh, noin, üch wörde
för ümmer hür stöcken
blöiben!", jammert
Melle.

Auf dem Baum ist es
auch nicht gerade
gemütlich. Ärgerlich
umsurren die Bienen
Pinsel und die Erdmänn-
chen. „Macht, dass ihr wegkommt. Das ist unser Baum!"

„Wenn ihr wollt, dass wir
von hier oben ver-
schwinden, müsst ihr nur
King Kofi stechen", bittet
Tafiti.

„Euch helfen? Nie im
Leben", surren die
Bienen.

King Kofi zerrt immer
noch wie wild am Seil. Bis
ihm schließlich die Tatzen weh-
tun. „*f*Schöner Mi*f*st!" Und jetzt? Da hat er
plötzlich eine Idee: Mithilfe des Seils könnte er
doch den Baum hochklettern! Wieso ist er da
nicht schon früher drauf gekommen?

King Kofi versucht es also. „Gleich hab ich
euch! Und *f*zum Nachti*f*sch gibt'*f*s Honig!",
brüllt er.

Denn auch er hat das Nest entdeckt. Aber da
hat er nicht mit den Bienen gerechnet.

„HONIGDIEB! VERWEGENER!", surren sie.

Sie stürzen sich auf King Kofi und stechen ihn mitten in die Nase.

„AUTᖴSCH!", brüllt der und lässt sich wie ein Stein zu Boden plumpsen. Dann rennt er davon, so schnell er kann.

„Gerettet!", jubelt Omama und drückt den kleinen Baba ans Herz.

Sie warten ein wenig, falls der Löwe wieder-
kommt. Aber King Kofi hat genug: Seine
königliche Nase ist empfindlich. Einen zweiten
Stich riskiert er nicht! Gerade will Pinsel die
Leiter hinunterlassen, da hat Tafiti eine Idee.
„Lass sie zu Melle runter. Dann kann er hochklettern!"

Gesagt, getan. Nur sitzt Melle derart fest,
dass er sich kein bisschen rühren kann.
Geschweige denn die Leiter hochklettern. Was
sollen sie bloß machen?

„Ich hab's!", ruft Opapa. „Da hilft nur eins: die
Säge!"

„Die ganz große?", fragt Pinsel und klettert
die Leiter hinunter. „Okay, die hol ich mal
eben."

„Soid ühr verröckt geworden?", kreischt Melle. „Dos könnt ühr nücht mochen! Ühr wüßt doch gor nücht, wo dü Ründe aufhört und üch onfonge! Do sögt ühr mür glott üns Föll!"

Opapa kratzt sich nachdenklich zwischen den Ohren. „Wo er recht hat, hat er recht", meint er. „Nachher erwischen wir ihn noch mit der Säge. Tja, und jetzt?"

Fertig machen zum Mittagessen!

„Hallihallo!", fiept es plötzlich.

Vor Pinsel stehen ein paar Termiten. „Du, wir müssen dir was zeigen! Unbedingt! Komm mit!"

„Ich kann jetzt nicht", erklärt Pinsel. „Erst müssen wir Melle retten. Und wir wissen nicht, wie."

„Was ist denn mit dem?", erkundigen sich die Termiten.

„Er ist in den hohlen Stamm gefallen", erklärt Tafiti. „Und nun sitzt er da unten fest. Wir kriegen ihn nicht raus!"

„Na, so was!", rufen die Termiten
und krabbeln aufgeregt über
den Baumstamm.

„Sieht lecker aus", meinen
sie. „Wir holen nur mal eben
Verstärkung!"

Und so machen sie sich
wieder auf den Weg.

„Verstärkung? Wozu denn?
Was habt ihr vor?", rufen
Tafiti und Pinsel ihnen nach.

„Das werdet ihr schon sehen. Wartet hier!", krakeelen die Termiten und krabbeln einfach weiter.

„Wör wor dos?", fragt Melle dumpf.

„Termiten, die wollen dir helfen", erklärt Tafiti.

„Pfff, düse Zwörge. Wü wollen dü mür dönn hölfen?", jammert Melle verzweifelt.

„Keine Ahnung", meint Tafiti. „Warten wir's ab!"

„Üch wüll ober nücht obworten!", tobt Melle.
„Üch wüll raus hür!"

Es dauert ein wenig und dann ist er da: ein ganzer, großer Trupp Termiten.

„Alle fertig machen zum Mittagessen!", ruft eine durchs Megafon. „Auf die Positionen!"

Die Termiten krabbeln hurtig auf den Baumstamm und bilden dabei ein Viereck – etwa so groß wie eine Tür oder ein Fenster.

„Guten Appetit!", ruft die Megafon-Termite.
„Haut rein!"

Und dann geht es los. Die Termiten
knabbern, knuspern, schmausen und
mampfen. Und schmatzen dabei nicht
schlecht.

„Wos üst do los?", jammert Melle. „Soid
geföllügst vorsüchtüg!"

„Sind sie ja", beruhigt Tafiti den Dachs.
„Keine Sorge, dir kann nichts passieren. Und
bald bist du frei!"

Pinsel schaut den Termiten sehnsüchtig zu. Holz mag er zwar nicht, aber Hunger hat er schon.

„Wir hatten noch gar kein Mittagessen", fällt ihm ein.

„Üch och noch nücht!", meckert Melle.

„Sobald du frei bist, koche ich was für uns. Und du bist herzlich eingeladen", meint Omama freundlich.

„Ördmönnchenfroß, ob dör mür schmöckt?", murrt Melle.

„Du musst ja nicht mitkommen", sagt Pinsel.
„Ich esse deine Portion gerne mit!"

„Ablösung durch Kolonie Nummer 2", tönt es
da plötzlich durchs Megafon.

Und tatsächlich wartet schon ein zweiter
Trupp Termiten und löst die vollgefressenen
Kollegen ab.

„War sehr lecker", erklärt eine von ihnen.

Pinsels Magen knurrt. Aber nun kann es nicht
mehr lange dauern. Der zweite Trupp
knabbert, knuspert, schmaust, mampft und
schmatzt genau wie der erste.

Und auf einmal heißt
es: „Wir sind durch! Alle
zur Seite bitte! Und jetzt
du, Melle, drück mal
gegen den Stamm."
Melle drückt und –
plumps – fällt ein großes
Rechteck aus dem
Stamm. Nun ist dort eine
Öffnung, so groß wie
eine Tür, und Melle ist
frei.
„Das wurde ja auch
Zeit", faucht er ärgerlich.
„Den Honig könnt ihr
vergessen! Ich hau ab!"
Und schon rast Melle
davon, als seien hundert
Bienenvölker hinter ihm
her.

„Hat er Danke gesagt?", fragt Omama über-
rascht.

„Nein, hat er nicht", meint Opapa empört.
„Hat uns angemault und ist auf und davon!"

„Und was ist mit unserem Baum?", rufen die
Bienen. „Macht den gefälligst heil!"

„Ja, darum kümmern wir uns", verspricht
Opapa. „Wir setzen das Rindenstück einfach
wieder ein. Und zwar so, dass man es wie eine
Tür auf- und zumachen kann. Falls noch
einmal jemand hineinfallen sollte."

„Und was ist mit dem Honig?", trillert Tiri enttäuscht.

„Daraus wird wohl nichts", seufzt Pinsel.

„Schade, schade", piepst Tiri.

„Können wir nicht irgendwie tauschen?", fragt Tafiti die Bienen noch einmal.

„Ja, ich könnte euch einen Kuchen backen", schlägt Omama vor.

„Kuchen?" Die Bienen sind nicht gerade begeistert.

„Was mögt ihr denn sonst so?", erkundigt
sich Tafiti.

„Ssssss", surren die Bienen nachdenklich.
„Zuckerwasser wäre nicht schlecht."

„Zuckerwasser?", fragt Omama. „Kein Problem, das mache ich euch aus meinem Zuckerrohr. Sonst noch was?"

„Was wir eigentlich brauchen", brummen die
Bienen, „sind Blüten und Blumen. Ohne die
können wir nämlich keinen Honig machen."

„Die gibt's in Omamas Garten", erklärt Tafiti.
„Kommt doch mit uns mit!"

„Momentchen mal!", rufen die Termiten da. „Erst müssen wir euch etwas zeigen!"

„Vor dem Essen?", fragt Pinsel und runzelt den Rüssel.

„Ja, jetzt sofort", krakeelen die Termiten. Sie haben ja schon gefuttert.

Im Gleichschritt marschieren sie los. Und Tafiti, Pinsel, Opapa, Omama, Tutu und Baba, Tiri und selbst die Bienen kommen hinterher. Nicht ganz im Gleichschritt, versteht sich. So erreichen sie die große Ebene.

Vor dem Termitenbau bleibt Pinsel verdutzt stehen und reibt sich die Augen.

„Wow!", grunzt er.

Auch die anderen sind wie verzaubert. Denn statt des unförmigen Lehmgespensts ist da auf einmal ein Märchenschloss. Mit

Türmen und Zinnen, Fenstern und Balkonen.
Ganz ähnlich wie das, das Pinsel in den Sand
gemalt hat.

„Na, was meint ihr?", fragen die Termiten
stolz.

„Das ist ja der Wahnsinn!", ruft Pinsel.
„Genau das habe ich gemeint. Wobei, es ist
noch viel, viel schöner als gedacht!"

„Unglaublich!" Tafiti nickt. „Einfach groß-
artig!"

„Das ist das Schönste, was ich je gesehen
habe", behauptet Omama.

Selbst Opapa hat nichts auszusetzen. Und
das will was heißen!

Für einen Moment hat Pinsel seinen Hunger
ganz vergessen. Doch dann knurrt sein Magen
laut und deutlich.

„Jetzt aber schnell nach Hause!", ruft
Omama.

Festschmaus im Garten

Kaum sind sie daheim, deckt Omama alles
Köstliche auf, was ihre Küche hergibt.

Tafiti, Pinsel, Tutu und Opapa haben den
großen Tisch in den Garten getragen. Und dort
sitzen nun alle und schmausen. Die Bienen
nippen ein wenig vom Zuckerwasser. Dann
fliegen sie von Blume zu Blume.

„Köstlich", surren sie dabei.

„Eigentlich könnten
wir noch mehr
Blumen
pflanzen",
schlägt
Pinsel
vor.

„Aber natürlich", meint Omama. „Blumen kann man gar nicht genug haben!"

„Au ja!", surren die Bienen. „Dann bekommen wir mehr Honig!"

„Wir könnten bei euch in der Nähe ja auch Blumen säen", fällt Tafiti ein. „Na, was meint ihr?"

„Ehrlich? Das würdet ihr machen?", summen die Bienen begeistert.

„Klar!", meint Tafiti.

Gleich nach dem Essen machen sie sich auf den Weg. Mit Spaten und Harke, der roten Gießkanne und einer großen Tüte mit Blumen- zwiebeln und Samen.

Während Opapa mit Scharnieren die Rindentür in den Baum einsetzt, graben und harken und säen und pflanzen die anderen. Bis um den hohlen Baum herum ein riesiges Blumenbeet entstanden ist.

Pinsel läuft ein ums andere Mal zum Wasserloch und schleppt eine volle Gießkanne nach der anderen an, um alle Samen und Zwiebeln zu begießen.

„Etwas wird es noch dauern, bis es hier blüht", meint Omama. „Aber nicht allzu lange."

„Wisst ihr was?", surren die Bienen. „Mit all den Blumen bekommen wir viel mehr Honig. Mehr, als wir brauchen. Also könnt ihr ruhig welchen abbekommen. Sooft ihr ihn wollt!"

„Danke! Das ist ja super!", freuen sich die Erdmännchen.

Pinsel wird rot. „Am liebsten hätten wir gleich ein bisschen. Unser Honig ist nämlich alle."

„Kein Problem", surren die Bienen und füllen das leere Glas randvoll mit ihrem goldgelben Honig.

Als am Abend die Erdmännchen mit Pinsel müde, aber glücklich nach Hause kommen, wartet dort Melle auf sie. Tiri hat ihm den Weg gezeigt.

„Ich hab was für euch", grummelt er. „Das hatte ich noch als Vorrat."

Verlegen überreicht er ihnen ein kleines Honigglas.

„Danke, dass ihr mich da rausgeholt habt", murmelt er dabei.

„Kein Problem! Und den Honig kannst du ruhig behalten." Pinsel zwinkert ihm zu. „Wir haben jetzt nämlich unseren eigenen Honig."

„Was? Ehrlich?", staunt Melle.

„Ja, und wann immer ihr wollt, bekommen Tiri und du welchen ab", erklärt Tafiti. „Dann sitzt keiner mehr im Baumstamm fest und es gibt auch keine Bienenstiche mehr."

Melle und Tiri schauen sich an.

„Juhu!", jubeln sie.

Und auch die Bienen freuen sich: endlich keine lästigen Honigdiebe mehr!

So kommt es, dass Tiri und Melle regelmäßig bei den Erdmännchen

vorbeischauen und ihre Portion Honig kriegen. Und genauso regelmäßig besuchen Tafiti und Pinsel die Bienen. Sie gießen die Blumen, bringen den Bienen Omamas bestes Zucker-wasser und bekommen dafür leckeren, süßen, goldgelben Honig.

Auf ihrem Weg zum Bienenstock machen sie übrigens jedes Mal einen kleinen Umweg an der großen Ebene vorbei. Denn dort steht mittlerweile nicht bloß *ein* Termitenschloss.

Sondern ganz viele! Die ganze Ebene ist mit Burgen und Schlössern bebaut. Und nicht nur das! Da gibt es auch Skulpturen jeder Art: Lehmgiraffen und Elefanten und Riesentermiten. Und das finden nicht nur die Termiten toll, sondern alle Tiere der Savanne.

Tja, und so was kann passieren, bloß weil ein Honigglas leer wird!

Julia Boehme wurde 1966 in Bremen geboren. Sie studierte Literatur- und Musikwissenschaft und arbeitete danach als Redakteurin beim Kinderfernsehen. Eines Tages fiel ihr ein, dass sie als Kind unbedingt Schriftstellerin werden wollte. Wie konnte sie das bloß vergessen? Auf der Stelle beschloss sie, jetzt nur noch zu schreiben. Seitdem denkt sie sich ein Kinderbuch nach dem anderen aus.

Julia Ginsbach wurde 1967 in Darmstadt geboren. Nach ihrer Schulzeit studierte sie Musik, Kunst und Germanistik. Heute arbeitet sie als freie Illustratorin und lebt mit ihrer Familie und vielen Tieren auf einem alten Pfarrhof in Norddeutschland.